C000043641

LE NOUVEAU ROMAN
OU L'ÈRE DU SOUPÇON

— À contre-courant du roman réaliste

par Magali Vienne

50MINUTES

LE NOUVEAU ROMAN

- **Quand et où ?** Le Nouveau Roman se développe entre 1950 et 1974, exclusivement en France, plus particulièrement à Paris.
- **Contexte ?** L'après-guerre et le début des Trente Glorieuses.
- **Caractéristiques ?** Il se caractérise par la disparition du personnage traditionnel, de la notion d'intrigue et du narrateur omniscient. Les nouveaux romanciers cherchent dorénavant à multiplier les points de vue, accordent une nouvelle importance aux lieux et aux objets, et entendent faire davantage participer le lecteur.
- **Principaux représentants ?** Nathalie Sarraute (1900-1999), Samuel Beckett (1906-1989), Claude Simon (1913-2005), Marguerite Duras (1914-1996), Alain Robbe-Grillet (1922-2008) et Michel Butor (1926).

Dans les années cinquante, un groupe d'écrivains français se rassemble sous l'égide de Jérôme Lindon (1925-2001), directeur des Éditions de Minuit. Malgré des caractéristiques et des styles différents, leurs écrits ont en commun une même volonté de créer un « nouveau roman » s'opposant au modèle balzacien qui s'appuie sur une intrigue bien délimitée et des personnages à la psychologie largement détaillée. Cette nouvelle manière d'appréhender le genre romanesque leur permet de traduire la sensation de malaise qui anime la France d'après-guerre.

Ces écrivains ne se sont pas qualifiés eux-mêmes de nouveaux romanciers, c'est le critique Émile Henriot (1889-1961) qui utilise l'expression de « Nouveau Roman » dans une critique de La Jalousie (1957) d'Alain Robbe-Grillet et de Tropismes (1957) de Nathalie Sarraute, publiée dans Le Monde en 1957. Alain Robbe-Grillet se l'approprie ensuite dans son ouvrage *Pour un Nouveau Roman* (1963), dans lequel il tente de théoriser ce mouvement qui apparaît assez controversé. En effet, certains écrivains, associés par la critique au Nouveau Roman, se défendent d'en faire partie. Par ailleurs, le Nouveau Roman a une durée de vie assez courte puisqu'il se désagrège dès le début des années soixante-dix, laissant doucement place à ce que l'on appelle le « nouveau nouveau roman ».

CONTEXTE

UN CLIMAT POLITIQUE PROPICE À LA SUSPICION

Né au lendemain de la Seconde Guerre mondiale, le Nouveau Roman témoigne du sentiment de suspicion qui s'empare de la France à cette époque. La population ne fait plus confiance à la droite, qui a collaboré au régime de Vichy, et la plupart des intellectuels se revendiquent de gauche, se laissant volontiers attirer par le communisme. En outre, la situation politique française reste fragile durant plusieurs années : toutes les couleurs politiques prennent pour un temps les rênes du pouvoir, mais aucune ne parvient à le garder. Ce n'est qu'en 1958, avec l'instauration de la Ve République, qui accroît le rôle du président, que la situation du pays se stabilise. C'est Charles de Gaulle (1890-1970) qui est élu à la tête de l'État, jusqu'en 1969.

Parallèlement, après la guerre, la justice française se lance dans une violente épuration, attaquant toute personne ayant collaboré de près ou de loin avec l'occupant. On recherche les coupables et les personnalités publiques, qu'elles soient issues du milieu politique ou culturel, font l'objet de grands procès. Cependant, face à l'impossibilité de juger toutes les personnes ayant collaboré, nombreuses sont celles à être finalement amnistiées. Cette relative impunité ne fait que renforcer la suspicion qui règne encore au début des années cinquante.

Enfin, le sentiment de doute est encore augmenté par la guerre froide (1945-1990) qui fait rage entre l'URSS et les États-Unis et qui impacte toutes les relations politiques internationales. La France est directement touchée par ce conflit, puisque, en adhérant à l'OTAN en 1949, elle affirme son soutien aux États-Unis.

LES TRENTE GLORIEUSES

D'un point de vue économique, la France entre dans l'époque bénie des Trente Glorieuses (1946-1975). Au lendemain de la guerre, alors que la croissance est nulle, le pays doit pourtant être reconstruit. Le salut provient à nouveau des États-Unis qui, par l'intermédiaire du plan Marshall (1948-1952), soutiennent la reconstruction de l'Europe en lui apportant une aide financière. Ainsi, de grands chantiers voient le jour, offrant du travail à de nombreux ouvriers, et les industries tournent à plein régime, d'où une importante croissance économique. Mais, évidemment, les effets de cette évolution ne sont pas immédiats : la population doit encore supporter le rationnement jusqu'en 1949 et attendre plusieurs mois avant de bénéficier des retombées positives du plan Marshall.

Le développement industriel fait basculer la France, tout comme une grande partie de l'Europe occidentale, dans la société de consommation : on commence à produire en masse et les Français ont la possibilité d'acheter toujours plus d'objets divers et variés. Rapidement, cette surabondance commence même à provoquer un certain gaspillage des ressources. Aussi l'entrée dans la société de consommation coïncide-t-elle également avec l'arrivée au sein des ménages des appareils électroménagers qui traversent l'Atlantique : réfrigérateur, machine à laver, etc. De manière générale, la France subit l'influence américaine sur tous les plans, y compris dans le domaine culturel. Par exemple, les films produits outre-Atlantique peuvent désormais être diffusés sur le Vieux Continent, l'occasion pour les États-Unis d'exporter leur « *American way of life* » (« mode de vie américain ») à travers toute l'Europe.

LE RENOUVEAU CULTUREL

La scène littéraire française de l'après-guerre est quant à elle dominée par l'existentialisme, un courant philosophique et littéraire dont la figure phare est Jean-Paul Sartre (1905-1980). Centré sur l'individu, l'existentialisme s'intéresse principalement à sa liberté : « l'existence précède l'essence », la célèbre formule sartrienne, résume à elle seule les thématiques du mouvement existentialiste. Dépourvu de tout déterminisme, l'homme est doté d'une liberté illimitée et se définit entièrement par ses choix et ses actes. Le sentiment d'angoisse qui découle de cette prise de conscience amène l'individu à la fuite ou, au contraire, à l'engagement. L'existentialisme a donné naissance au théâtre de l'absurde, né en 1950 suite à la représentation de *La Cantatrice chauve* d'Eugène Ionesco (1909-1994) et rompant radicalement avec le théâtre classique. L'existentialisme et le théâtre de l'absurde, par leur refus de l'intrigue traditionnelle, le nouveau traitement qu'ils réservent aux personnages et leur opposition au réalisme, ouvrent tous deux la voie au Nouveau Roman.

Par ailleurs, l'apparition de ce dernier coïncide avec l'arrivée dans l'horizon cinéma français de la Nouvelle Vague, un groupe d'artistes-cinéastes cherchant, à l'instar des nouveaux romanciers, à renouveler le septième art et à s'écarter de ce qui se faisait jusque-là. Les plus connus sont Éric Rohmer (1920-2010), Claude Chabrol (1930-2010), Jean-Luc Godard (1930) et François Truffaut (1932-1984). S'inspirant largement du cinéma américain, la Nouvelle Vague est également influencée par l'actualité : la croissance économique, l'évolution du modèle familial, la guerre d'Algérie (1954-1962), etc. Ces cinéastes entendent produire des films moins littéraires, qui accordent davantage d'importance au mouvement. Leurs héros sont généralement de jeunes individus ordinaires en quête d'indépendance. D'un point de vue stylistique, on observe notamment une rupture de la continuité, la prise en compte du point de vue du spectateur et des arrêts sur image.

CARACTÉRISTIQUES

IL ÉTAIT UNE FOIS LES ÉDITIONS DE MINUIT...

Dans les années cinquante, les nouveaux romanciers sont fréquemment désignés comme « le groupe de Minuit ». Et pour cause : Jérôme Lindon, directeur des Éditions de Minuit, est le premier et presque le seul éditeur à accepter de les intégrer à son catalogue.

Fondées par Pierre de Lescure (1891-1963) et Jean Bruller (1902-1991) en 1941, les Éditions de Minuit sont le symbole de la résistance littéraire française. Leur premier ouvrage, *Le Silence de la mer* de Vercors (alias Bruller), paraît clandestinement en 1942. Après ce premier coup d'essai, elles parviennent à publier, sous pseudonymes, les plus grands écrivains français de l'époque. Après la guerre, la maison sort de la clandestinité, mais se heurte à de nombreuses difficultés financières dues, notamment, au faible tirage de ses ouvrages. Ce sont ces problèmes d'argent qui provoquent le départ de Bruller en 1948, laissant la direction à Jérôme Lindon, alors chef de fabrication.

En 1951, les Éditions de Minuit acceptent de publier *Molloy*, l'œuvre d'un jeune auteur irlandais alors inconnu en France : Samuel Beckett. Le récit est rapidement consacré par la critique, ce qui incite Jérôme Lindon à faire paraître, en 1953, *Les Gommes* d'Alain Robbe-Grillet. Celui-ci se fait rapidement une place dans la maison d'édition, dont il devient même membre du comité de lecture à la fin de l'année 1954. Cette fonction lui permet alors de participer activement à la naissance du Nouveau Roman. Ce groupe d'écrivains est particulièrement mis en avant dans le catalogue des Éditions de Minuit durant l'année 1957 avec la parution de *Tropismes* de Nathalie Sarraute, de *Fin de partie* de Beckett, de *Vent* de Claude Simon, de *La Jalousie* de

Robbe-Grillet et de *La Modification* de Michel Butor. Mais pourquoi accepter de publier les nouveaux romanciers alors que d'autres maisons d'édition s'y refusent ? Depuis leur création, les Éditions de Minuit se veulent en rupture avec le reste du monde littéraire : le choix de plébisciter un mouvement qui lui-même rompt avec la vision classique du roman est donc en parfaite adéquation avec leur politique éditoriale.

À force de subir une certaine incompréhension de la part de leurs détracteurs, les nouveaux romanciers tentent peu à peu de théoriser leur mouvement. Le premier qui en prend l'initiative est Alain Robbe-Grillet avec *Pour un Nouveau Roman*, publié en 1963, bien que Nathalie Sarraute ait déjà réuni plusieurs de ses articles justifiant sa position envers la création littéraire dans *L'Ère du soupçon*, publié en 1956. Cependant, le principal théoricien du Nouveau Roman est Jean Ricardou (1932), qui regroupe différents articles sur le sujet dans *Problèmes du Nouveau Roman* en 1967, puis dans *Pour une théorie du Nouveau Roman* en 1971. C'est d'ailleurs sous l'impulsion de ce dernier que les nouveaux romanciers s'autoproclament comme un véritable groupe, à l'occasion d'un colloque organisé à Cerisy-la-Salle : *Nouveau Roman, hier, aujourd'hui* (1971). Ces écrivains ne sont autres que Nathalie Sarraute, Claude Simon, Robert Pinget (1919-1997), Alain Robbe-Grillet, Claude Ollier (1922-2014), Michel Butor et Jean Ricardou. Malheureusement, suite à la théorisation du mouvement, certains d'entre eux se sentent trop cloisonnés et ne parviennent plus à produire une œuvre littéraire qui corresponde aux dogmes du groupe. Cela mène inévitablement à sa dislocation. Néanmoins, certains critiques considèrent que le Nouveau Roman a perduré jusqu'à l'obtention du prix Nobel de littérature par Claude Simon en 1985.

VERS UN REFUS DU RÉALISME

La principale caractéristique du Nouveau Roman réside dans sa volonté de s'opposer au réalisme littéraire où le narrateur est omniscient et où l'intrigue et le personnage occupent une place centrale. Dans le Nouveau Roman, ce qui importe, c'est le processus d'écriture en lui-même et non l'histoire : l'écriture devient l'action du roman, elle forme la trame et l'enjeu du récit. Dès lors, l'intrigue ne suit plus nécessairement une progression chronologique et perd son unicité : elle peut devenir multiple, décousue, complexe, répétitive… Le nouveau romancier aime perdre son lecteur en proposant des flashbacks ou des bonds en avant, en mélangeant les temps, en répétant plusieurs fois le même épisode ou encore en mettant en scène des motifs récurrents, voire obsédants.

Dans le même ordre d'idée, le Nouveau Roman abolit la notion de personnage au sens où elle est entendue depuis le début du XIXe siècle : au protagoniste classique, doté d'une identité, d'une personnalité, d'un statut social et de sentiments, il substitue des figures floues, voire anonymes, sans aucune psychologie. D'ailleurs, la plupart du temps, les personnages pourraient parfaitement être remplacés au cours du récit sans que cela ne produise aucun effet notable :

> Un gros homme est là debout, le patron, cherchant à se reconnaître au milieu des tables et des chaises. Au-dessus du bar, la longue glace où flotte une image malade, le patron, verdâtre et les traits brouillés, hépatique et gras dans son aquarium. De l'autre côté, derrière la

vitre, le patron encore qui se dissout lentement dans le petit jour de la rue. C'est cette silhouette sans doute qui vient de mettre la salle en ordre ; elle n'a plus qu'à disparaître. Dans le miroir tremblote, déjà presque entièrement décomposé, le reflet de ce fantôme ; et au-delà, de plus en plus hésitante, la kyrielle indéfinie des ombres : le patron, le patron, le patron... Le Patron, nébuleuse triste, noyé dans son halo. (ROBBE-GRILLET (Alain), *Les Gommes*, Paris, Éditions de Minuit, 1953, p. 12)

Là où le personnage perd de l'importance, les lieux et les objets en gagnent considérablement, bénéficiant de longues descriptions. Le Nouveau Roman est d'ailleurs également été qualifié d'« école du regard ». Cette nouvelle considération accordée au matériel est censée témoigner de l'emprise de plus en plus forte de la société de consommation sur la conscience humaine. Ainsi, même les personnages sont réduits à n'être que des objets grâce à la technique de la réification. Celle-ci consiste à déshumaniser les personnages en omettant leur personnalité et, de manière générale, à transformer toute chose abstraite en objet concret.

Enfin, notons encore que derrière ce refus du réalisme se cache une volonté de rendre le lecteur plus actif dans son propre rôle. Les procédés mis en place (flashbacks, abolition du concept de personnage, etc.) l'obligent à construire le roman avec l'auteur au fur et à mesure que le récit avance. Son esprit critique est ainsi appelé à se développer progressivement pour comprendre le texte qui se déroule sous ses yeux. Il ne doit pas simplement recevoir l'œuvre, mais essayer d'en déduire le sens :

Car, loin de le négliger, l'auteur d'aujourd'hui proclame l'absolu besoin qu'il a de son concours, un concours actif, conscient, créateur. Ce qu'il lui demande, ce n'est plus de recevoir un monde tout à fait achevé, plein, clos sur lui-même, c'est au contraire de participer à une création,

> d'inventer à son tour l'œuvre – et le monde – et d'apprendre ainsi à inventer sa propre vie. (Robbe-Grillet (Alain), *Pour un Nouveau Roman*, Paris, Éditions de Minuit, 1963, p. 134)

Par ailleurs, les nouveaux romanciers font souvent part à leur lecteur, au sein même de leurs récits, de leur difficulté à écrire.

L'ENGAGEMENT, UNE « NOTION PÉRIMÉE » ?

Dans le Nouveau Roman, l'écrivain ne cherche aucunement à transmettre un message idéologique ou philosophique. Le texte est mis au service de l'écriture et non des idées. Dans *Pour un Nouveau Roman*, Alain Robbe-Grillet considère d'ailleurs l'engagement comme une « notion périmée ». « Le seul engagement possible, pour l'écrivain, c'est la littérature » (p. 120), explique-t-il dans une citation devenue célèbre.

Toutefois, que l'on ne s'y trompe pas : cette vision de la littérature exempte de tout engagement n'empêche pas les nouveaux romanciers d'être des écrivains engagés. Ceux-ci choisissent simplement de dissocier leur engagement politique ou social de leurs œuvres littéraires. Ils exposent alors leurs points de vue personnels dans les journaux ou les revues. Pour preuve de leur implication politique, la plupart des écrivains du Nouveau Roman ont signé le Manifeste des 121, publié en 1960 dans la Revue *Vérité-Liberté*, qui avait pour but d'informer la population au sujet du comportement de l'État français face à la volonté d'indépendance de l'Algérie. Parmi les signataires, on trouve Nathalie Sarraute, Claude Simon, Alain Robbe-Grillet, Jérôme Lindon ou encore Michel Butor.

Enfin, notons que cette vision de l'engagement – ou plutôt du non-engagement dans ce cas – en littérature s'oppose en tous points à celle des surréalistes et des existentialistes, pour qui engagement politique et activité littéraire sont intimement liés. Pensons par exemple à la pièce *Les Mains sales* (1948) de Sartre, dans laquelle ce dernier n'hésite pas à remettre en cause le marxisme tel qu'il existe à son époque. Les nouveaux romanciers rompent ainsi avec la figure sartrienne de l'écrivain engagé et inaugurent un nouveau modèle d'intellectuel.

LA POSITION AMBIGÜE DE ROBBE-GRILLET

Selon de nombreux critiques, malgré ce qu'il proclame dans ses écrits théoriques, Robbe-Grillet laisse largement transparaître son engagement dans ses romans, notamment à travers l'utilisation de la réification ou le traitement de ses personnages. C'est par exemple le cas dans *La Jalousie* où, d'après le professeur Raymond Elaho, l'auteur propose sa vision personnelle du colonialisme. Pour ce faire, alors que les blancs bénéficient d'un nom et/ou d'un prénom, il choisit de ne pas accorder de personnalité propre à ses personnages de couleur. Il les confond en une seule et même entité, les appelant « les chauffeurs » ou « les domestiques ». Ainsi, bien qu'il n'en fasse pas explicitement part dans le fond de son roman, son engagement transparaît néanmoins à travers sa forme, contredisant la position qu'il prend dans ses ouvrages théoriques.

PRINCIPAUX REPRÉSENTANTS

NATHALIE SARRAUTE ET LA CRITIQUE DU ROMAN TRADITIONNEL

Écrivaine française d'origine russe née en 1900, Nathalie Sarraute décide de se consacrer entièrement à la littérature en 1940, suite à sa radiation du barreau en raison des lois antijuives qui sévissent à l'époque. Ses premiers écrits datent cependant déjà de 1932 et constituent une partie de la matière de *Tropismes* (1939), l'un de ses textes les plus connus. Proche de Sartre et de Beckett, elle publie, à partir de 1947, plusieurs articles dans *Les Temps modernes* et *La Nouvelle Revue française*, qu'elle fait paraître en 1956 dans *L'Ère du soupçon*, un ouvrage théorique dans lequel elle critique les conventions romanesques traditionnelles. C'est grâce à cette œuvre, l'une des premières à théoriser les concepts chers au Nouveau Roman, qu'elle est associée à ce groupe.

Contrairement à la plupart des nouveaux romanciers, son éditeur principal est Gallimard. Néanmoins, celui-ci refuse de publier *Tropismes*, qui paraît d'abord chez Grasset en 1939, avant d'être réédité par Jérôme Lindon en 1957. Elle est également l'auteure, entre autres, des *Fruits d'Or* (1963), un texte dont le sujet principal est la réception auprès du public d'une œuvre d'art et pour lequel elle obtient le prix international de littérature, et d'*Enfance* (1983), un roman autobiographique dans lequel elle entreprend un dialogue avec elle-même au sujet de ses souvenirs d'enfance.

C'est par *Tropismes* qu'elle est le plus étroitement liée au Nouveau Roman. Pour Nathalie Sarraute, le « tropisme » désigne un mouvement intérieur qui passe tellement vite dans notre esprit que nous n'en avons même pas conscience. Dans son recueil, elle propose différentes situations propices à l'émergence de tropismes. Cependant, plutôt que d'analyser ces mouvements, elle se contente seulement de les répertorier. Selon l'universitaire Anne Kristin Eidsvik Overå, dans chacun de ses ouvrages, l'auteure s'attache à déconstruire la notion de personnage, préférant décrire les relations interpersonnelles et les sensations qui se jouent entre les individus au détriment des protagonistes eux-mêmes. Ainsi, dans *Tropismes*, à aucun moment, un quelconque personnage n'est nommé. Tous sont définis par un pronom personnel de la troisième personne du singulier ou du pluriel, selon la situation :

> Elles baragouinaient des choses à demi exprimées, le regard perdu et comme suivant intérieurement un sentiment subtil et délicat qu'elles semblaient ne pas pouvoir traduire. Il les pressait : « Et pourquoi ? et pourquoi ? Pourquoi suis-je donc un égoïste ? Pourquoi un misanthrope ? Pourquoi cela ? Dites, dites ? ». Au fond d'elles-mêmes, elles le savaient, elles jouaient un jeu, elles se pliaient à quelque chose.
>
> (SARRAUTE (Nathalie), *Tropismes*, Paris, Éditions de Minuit, 1957, p. 27)

De même, *Enfance*, bien qu'il s'agisse d'une autobiographie, appartient clairement au Nouveau Roman dans la mesure où Nathalie Sarraute refuse justement de considérer son œuvre comme un récit autobiographique. Dans ce texte, l'auteure se dédouble et entame un dialogue avec son double critique. Celui-ci a pour rôle de lui rappeler de ne pas tomber dans certains travers susceptibles de provoquer une falsification autobiographique. Cette conversation lui permet, au lieu de simplement réécrire des événements passés, de les analyser par le biais de l'écriture et d'en faire jaillir la vérité. De plus, l'œuvre présente une sorte de mise en abyme de l'écriture puisque les personnages parlent eux-mêmes de la manière dont il faut rédiger un récit autobiographique. Enfin, notons que les personnages dont il est question dans le récit, notamment les parents de l'auteure, sont insaisissables, presque évanescents :

Je reste quelque temps sans bouger, recroquevillée au bord de mon lit... Et puis tout en moi se révulse, se redresse, de toutes mes forces je repousse ça, je le déchire, j'arrache ce carcan, cette carapace. Je ne resterai pas dans ça, où cette femme m'a enfermée... elle ne sait rien, elle ne peut pas comprendre.

– C'était la première fois que tu avais été prise ainsi, dans un mot ?

– Je ne me souviens pas que cela me soit arrivé avant. Mais combien de fois depuis ne me suis-je pas évadée terrifiée hors des mots qui s'abattent sur vous et vous enferment. (SARRAUTE (Nathalie), *Enfance*, Paris, Gallimard, 1983, p. 122)

CLAUDE SIMON : RESTITUER LA MÉMOIRE

Écrivain français né en 1913, Claude Simon perd son père, mort au combat, en 1914, puis sa mère à l'âge de 11 ans. Après un parcours scolaire mouvementé, en 1936, il s'engage dans la guerre civile espagnole, avant d'être mobilisé en 1939. Il publie son premier ouvrage à la Libération : il s'agit du *Tricheur* (1945), qui sera suivi par plusieurs autres romans. Cependant, ce n'est qu'au milieu des années cinquante que l'écrivain se rattache au Nouveau Roman, suite à la rencontre de Robbe-Grillet et de Butor, et trouve sa véritable voie littéraire. En 1985, il reçoit le prix Nobel de littérature pour la modernité littéraire dont il fait preuve dans ses écrits. Mais, malgré ce prix, son œuvre est souvent considérée comme hermétique par la critique et il reste assez méconnu du grand public.

Ses œuvres les plus célèbres sont *La Route des Flandres* (1960), dans lequel un homme enquête sur les raisons de la mort de son cousin durant la Seconde Guerre mondiale, *Histoire* (1967, prix Médicis), un roman dans lequel un narrateur entremêle l'histoire de sa famille à la grande histoire à l'aide de cartes postales et par l'intermédiaire du rêve, et *L'Acacia* (1989), une histoire de famille dont l'acacia centenaire qui devance la maison a été le témoin immuable.

Contrairement à la plupart des œuvres du Nouveau Roman, les récits de Claude Simon présentent une dimension narrative et une véritable intrigue. En revanche, ils s'opposent à la notion de réalisme et à la linéarité du roman traditionnel, notamment en raison de leurs nombreuses ruptures chronologiques. Dans *Histoire*, par exemple, l'écrivain rassemble ses personnages et leurs faits non pas par ordre chronologique, mais selon des « affinités sensorielles et émotionnelles » (CLAUDE (Simon) et Le CLEC'H (Guy), « Claude Simon a découvert à 54 ans le plaisir d'écrire », in *Le Figaro littéraire*, 4-10 décembre 1967, p. 22).

La plupart de ses romans sont autobiographiques et liés à l'histoire : Grande Guerre, Seconde Guerre mondiale, guerre d'Espagne, etc. Quant à son style, il est aisément reconnaissable à ses longues phrases pouvant courir sur plusieurs pages :

> [...] ce qu'il éprouvait à présent, ce qui tenait ses yeux ouverts, ce n'était plus l'allégresse, ce vindicatif sentiment de triomphe et cette vindicative indignation à la pensée de ce qu'on lui avait fait (« La chèvre ! », raconta-t-il plus tard (plus tard seulement : quand il fut à peu près redevenu un homme normal – c'est-à-dire un homme capable d'accorder (ou d'imaginer) quelque pouvoir à la parole, quelque intérêt pour les autres et lui-même à un récit, à essayer avec des mots de faire exister l'indicible ; mais plus tard : sur le moment il se contenta de dire aux deux vielles femmes et à ceux qui l'interrogeaient que son régiment avait été anéanti et que tout (la bataille – encore hésitait-il à employer le mot, se demandant si on pouvait donner ce nom à cette chose qui s'était passée dans la pimpante verdure printanière (cette – mais comment dire ? : battue, poursuite, traque, farce, hallali ?) et où il avait joué le rôle de gibier – et ce qui s'en était suivi : l'interminable et humiliant cortège des captifs serpentant à travers bois et collines, le train, les wagons à bestiaux, les corps enchevêtrés, la faim, la soif lancinantes, la puante odeur de pommes de terre pourries qui flottait en permanence au-dessus des baraques alignées), disant donc

seulement que tout avait été dur) : « Oui, la chèvre », raconta-t-il plus tard avec ce rire bref, sans joie, qui était comme le contraire du rire [...]

(SIMON (Claude), *L'Acacia*, Paris, Éditions de Minuit, 1983, p. 348)

À côté de cette spécificité stylistique, l'auteur a également l'habitude de construire ses romans par fragments qu'il adjoint ensuite les uns aux autres afin de composer l'œuvre finale. Il s'agit, là encore, d'une manière d'éviter toute continuité dans la narration.

Dans les années soixante-dix, remettant en cause la mainmise de Jean Ricardou sur le Nouveau Roman et sa volonté de le cloisonner, Claude Simon est à l'origine de la remise en question du mouvement qui mènera à la création du nouveau nouveau roman.

ALAIN ROBBE-GRILLET, « LE PAPE DU NOUVEAU ROMAN »

Ingénieur agronome de profession, Alain Robbe-Grillet, né en 1922, se tourne vers la littérature à partir des années 1950. Il est généralement considéré comme l'initiateur du Nouveau Roman avec son œuvre *Les Gommes* (1953), un pastiche de roman policier. Parmi ses autres ouvrages principaux, citons *Le Voyeur* (1955), un récit décrivant la journée d'un représentant de commerce pour lequel il reçut le prix de la Critique, et *La Jalousie* (1957), un roman dans lequel Robbe-Grillet revisite la notion de triangle amoureux. Ces trois textes appartiennent sans conteste au Nouveau Roman.

D'abord lecteur aux Éditions de Minuit, il en devient l'un des conseillers éditoriaux dès 1955 et jusqu'en 1985, aux côtés de Jérôme Lindon, ce qui explique sans doute pourquoi la maison d'édition a accueilli aussi facilement les nouveaux romanciers. En 1963, il publie *Pour un Nouveau Roman*, regroupant différents articles de sa composition et expliquant sa vision du Nouveau Roman.

Afin de prouver que les notions d'intrigue et de personnage n'ont plus lieu d'être, il construit chacun de ses récits autour d'un « blanc narratif » consistant en une absence d'explications au sujet d'un ou de plusieurs élément(s) de l'intrigue. L'exemple le plus frappant de ce procédé se trouve dans *Les Gommes* : désignée comme un roman policier, cette œuvre s'ouvre sur la nouvelle de l'assassinat d'un homme. Malgré l'absence de cadavre, un policier est chargé de mener l'enquête pour déterminer les causes de la mort. Cependant, le lecteur découvre bien plus tard que la victime, seulement blessée, a en réalité fait croire à sa mort. Pourtant, elle est belle et bien morte 24 heures plus tard !

L'autre caractéristique majeure de l'écriture de Robbe-Grillet réside dans la place prépondérante qu'il accorde aux objets et aux décors, qui donnent lieu à de très longues descriptions :

> Maintenant l'ombre du pilier – le pilier qui soutient l'angle sud-ouest du toit – divise en deux parties égales l'angle correspondant de la terrasse. Cette terrasse est une large galerie couverte, entourant la maison sur trois de ses côtés. Comme sa largeur est la même dans la portion médiane et dans les branches latérales, le trait d'ombre projeté par le pilier arrive exactement au coin de la maison ; mais il s'arrête là, car seules les dalles de la terrasse sont atteintes par le soleil, qui se trouve encore trop haut dans le ciel. Les murs, en bois, de la maison – c'est-à-dire la façade et le pignon ouest – sont encore protégés de ses rayons par le toit (toit commun à la maison proprement dite et à la terrasse). Ainsi, à cet instant, l'ombre de l'extrême bord du toit coïncide exactement avec la ligne, en angle droit, que forment entre elles la terrasse et les deux faces verticales du coin de la maison... (ROBBE-GRILLET (Alain), *La Jalousie*, Paris, Éditions de Minuit, 1957, p. 9-10)

Dans ses œuvres suivantes, notamment *La Maison de rendez-vous* (1965), *Projet pour une révolution à New York* (1970), *Topologie d'une cité fantôme* (1976) ou encore *Souvenirs du triangle d'or* (1978), les choses et les descriptions perdent de leur importance, en même temps que les thèmes de l'amour et de la mort deviennent presque obsessionnels.

À partir des années 1960, l'écrivain s'intéresse également au cinéma et réalise plusieurs longs métrages qui présentent la même esthétique que ses romans : *L'Immortelle* (1963), *L'Homme qui ment* (1968), *L'Eden et après* (1969), *Le Jeu avec le feu* (1974), *La Belle Captive* (1983), etc. De 1972 à 1997, Robbe-Grillet enseigne aux États-Unis, notamment à l'université de New York, et, de 1982 à 1988, dirige le centre de sociologie de l'Université libre de Bruxelles. Élu à l'Académie française en 2004, il n'y siège pourtant jamais, refusant de se plier à des traditions qu'il considère comme obsolètes. Il décède quatre ans plus tard, en 2008, d'une crise cardiaque.

MICHEL BUTOR, UN ARTISTE TOTAL

Écrivain et poète français né en 1926, Michel Butor a également de nombreux liens avec les surréalistes, qui lui inspirent certains de ses livres-manuscrits mêlant intimement écriture et peinture. En effet, Butor n'est pas seulement un auteur, c'est un véritable artiste qui aime mélanger les arts.

En tout, il n'a écrit que quatre romans : *Le Passage de Milan* (1954), qui raconte la vie des habitants d'un immeuble dans lequel il y a eu un meurtre ; *L'Emploi du temps* (1956), qui décrit le stage d'un jeune français dans une entreprise de Grande-Bretagne durant un an ; *La Modification* (1957), dans lequel l'écrivain relate un voyage en train, de Paris à Rome, pendant lequel un père de famille sur le point de rejoindre sa maîtresse trouve le temps long et ne cesse de revenir sur les décisions qu'il a prises précédemment ; enfin, *Degrés* (1960), un roman au cours duquel trois personnages se relaient pour raconter la même heure de cours dans un lycée. Après *Degrés*, Michel Butor délaisse le genre romanesque et privilégie la poésie, les essais et les ouvrages dédiés à la peinture. Il collabore d'ailleurs à plusieurs reprises avec Pierre Alechinsky (1927), un peintre expressionniste et surréaliste belge. Par ailleurs, il embrasse également une carrière universitaire, enseignant aux États-Unis, en France et à Genève jusqu'en 1991. En 2013, il reçoit le prix de l'Académie française pour l'ensemble de son œuvre.

Son roman le plus connu, *La Modification* (1957), récompensé par le prix Renaudot, a pour particularité d'être principalement écrit à la deuxième personne du pluriel :

> Si vous êtes entré dans ce compartiment, c'est que le coin couloir face à la marche à votre gauche est libre, cette place même que vous auriez fait demander par Marnal comme à l'habitude s'il avait été encore temps de revenir, mais non que vous auriez demandé par vous-même par téléphone, car il ne fallait pas que quelqu'un sût chez Scabelli que c'était vers Rome que vous vous échappiez pour ces quelques jours.
> (BUTOR (Michel), *La Modification*, Paris, Éditions de Minuit, 1957, p. 8)

Cette utilisation du « vous » est assez ambiguë : il peut être considéré comme une référence au lecteur, ce qui force l'implication de ce dernier qui se voit en quelque sorte obligé de participer pleinement à la lecture. Mais il peut également renvoyer à un dialogue intérieur entre le narrateur et le personnage – ce qui rappelle *Enfance* de Sarraute. En effet, les réflexions qui ponctuent le roman sont beaucoup trop introspectives pour que ce « vous » puisse être considéré comme un pronom générique qui aurait la même fonction que le « on », habituellement utilisé en cas de généralisation d'une pensée ou d'une action. Quoi qu'il en soit, l'emploi de la deuxième personne du pluriel et toute l'ambiguïté qui en découle dénotent la volonté de Michel Butor de rompre avec la structure du roman traditionnel.

Dans *L'Emploi du temps* (1956), il semble plutôt vouloir perdre son lecteur en jouant sur la temporalité du récit. Pour ce faire, il fait cohabiter deux séries temporelles (le passé et le présent) tout au long du roman :

> Je revois tout cela très clairement, l'instant où je me suis levé, celui où j'ai effacé avec mes mains les plis de mon imperméable alors couleur de sable.
>
> J'ai l'impression que je pourrais retrouver avec une exactitude absolue la place qu'occupait mon unique lourde valise dans le filet, et celle où je l'ai laissée tomber, entre les banquettes, au travers de la porte.
>
> (BUTOR (Michel), *L'Emploi du temps*, Paris, *Éditions de Minuit*, 1956, p. 9)

En réalité, *L'Emploi du temps* est la transposition du journal intime du narrateur, Revel, alors installé à Bleston depuis le mois d'octobre – le journal débute en mai. Revel désire relater ses derniers mois passés dans cette ville nouvelle et espère rattraper le temps dans son écriture pour pouvoir, ensuite, reprendre son récit à partir du présent et continuer ainsi jusqu'à la fin de son stage qui dure un an. La coexistence de deux époques est signalée en haut de page de la manière suivante : « Mai, octobre ».

En outre, Revel n'écrit son journal intime que durant les jours de la semaine, jamais le week-end, ce qui produit de nombreuses ellipses. De même, le présent a une forte influence sur l'écriture du journal, obligeant Revel à interrompre son récit à plusieurs reprises, sans qu'il puisse achever ce qu'il était occupé à décrire, laissant le lecteur seul avec ses interrogations. Enfin, la ville, largement inspirée de

Manchester, ressemble à un labyrinthe dans lequel le narrateur se perd constamment, que ce soit au sens propre ou au sens figuré. Bleston a une influence négative sur lui : il a l'impression de devenir fou. L'écriture doit donc lui permettre de reprendre le contrôle à la fois de la ville et de sa vie.

RÉPERCUSSIONS

Suite au colloque de Cerisy-la-Salle, en 1971, les écrivains du Nouveau Roman s'affirment comme un groupe à part entière, mais en même temps, la trop grande théorisation du mouvement mène rapidement à sa dissolution. Ainsi, ce colloque voit également naître les héritiers du Nouveau Roman. Plus précisément, c'est Claude Simon qui opère la transition entre les nouveaux romanciers et les nouveaux nouveaux romanciers. En effet, il est le premier à remettre en cause les théories du Nouveau Roman, permettant l'émergence d'une nouvelle génération d'écrivains moins radicaux dans leur refus de réalisme. Parmi ces derniers, citons notamment Jean Echenoz (1947), Hélène Lenoir (1955), Jean-Philippe Toussaint (1957) ou encore Marie Ndiaye (1967).

Tout comme dans le Nouveau Roman, l'objet occupe une place prépondérante dans les œuvres de ces romanciers où « il symbolise celui qui a conduit à la perte d'identité de l'individu » (LUSCANS (Bernard), *La Représentation des objets dans le nouveau nouveau roman*, Chapel Hill, université de Caroline du Nord, 2008, p. 49). Les nouveaux nouveaux romanciers, comme leurs prédécesseurs, souhaitent expérimenter la littérature sans chercher à atteindre une forme absolue. Leurs narrateurs sont en quête d'eux-mêmes et ne parviennent pas à se trouver.

Le Nouveau Roman a également influencé de nombreux autres écrivains dès la fin des années soixante. Ainsi, le premier roman de Jean-Marie Gustave Le Clézio (1940), *Le Procès-verbal* (1963), a été apparenté au Nouveau Roman parce que l'auteur y décrit abondamment les objets et qu'on y observe une certaine recherche sur le langage. Il en va de même de Patrick Modiano (1945) avec *Ronde de nuit* (1969) où, bien que son écriture réponde aux critères du roman dit classique, l'auteur refuse de donner toutes les informations dont le lecteur a besoin pour comprendre entièrement l'enquête policière qui s'y joue. Enfin, mentionnons encore l'écrivain Philippe Sollers (1936), qui a lui aussi été lié au Nouveau Roman grâce à sa revue d'avant-garde, *Tel Quel*, à laquelle collaborait régulièrement Jean Ricardou et qui, à l'instar du Nouveau Roman, rejetait la conception traditionnelle de l'écriture. Le Clézio a par ailleurs écrit de nombreux romans, dont *Le Parc* (1961), témoignant d'une volonté d'abandonner les structures narratives traditionnelles.

Ainsi, en proposant une autre manière de penser et d'appréhender la littérature, le Nouveau Roman a influencé de manière plus ou moins directe de nombreux écrivains. S'écartant des carcans traditionnels, il a permis l'éclosion d'une grande diversité de styles romanesques qui contribuent encore aujourd'hui à la richesse de la littérature francophone.

EN RÉSUMÉ

- Né en France dans les années cinquante autour de la figure de Jérôme Lindon, directeur des Éditions de Minuit, le Nouveau Roman compte parmi ses principaux représentants Nathalie Sarraute, Claude Simon, Alain Robbe-Grillet et Michel Butor.

- Théorisé par Alain Robbe-Grillet et Jean Ricardou dans les années soixante, le Nouveau Roman entend rompre avec les structures romanesques traditionnelles. Il rejette le narrateur omniscient, la notion d'intrigue, ainsi que les personnages à la psychologie trop élaborée.

- Dans le Nouveau Roman, c'est le processus d'écriture en lui-même qui importe et non l'histoire. Il en résulte des œuvres éclatées dans lesquelles la chronologie est ébranlée et l'intrigue décousue, multiple ou répétitive. Le lecteur est donc plus largement sollicité qu'auparavant : il doit construire le roman avec l'auteur au fur et à mesure que le récit avance.

- Le groupe du Nouveau Roman est également qualifié d'« école du regard », car ces écrivains accordent une grande importance à la description des lieux et des objets, aux dépens des personnages, parfois réduits à n'être eux-mêmes que des objets.

- À la différence des surréalistes et des existentialistes, les nouveaux romanciers ont une vision de la littérature exempte de tout engagement : ils ne cherchent pas à transmettre un quelconque message. Toutefois, cela ne les empêche pas d'être des écrivains engagés. Seulement, ils dissocient leur engagement politique ou social de leur activité littéraire.

- Les théories du Nouveau Roman sont remises en cause dès les années soixante-dix, notamment par Claude Simon. On voit alors émerger une nouvelle génération d'écrivains, fortement influencés par le Nouveau Roman, mais moins radicaux dans leur refus du réalisme : les nouveaux nouveaux romanciers.

POUR ALLER PLUS LOIN

- Biagioli (Nicole), « Censure et Nouveau Roman », in *Censure, autocensure et art d'écrire*, Bruxelles, Éditions Complexe, 2005, p. 303-333.
- Calle-Gruber (Mireille), *Histoire de la littérature française du XXᵉ siècle ou les Repentirs de la littérature*, Paris, Honoré Champion, 2001.
- Claude (Simon) et Le Clec'h (Guy), « Claude Simon a découvert à 54 ans le plaisir d'écrire », in *Le Figaro littéraire*, 4-10 décembre 1967.
- Dytrt (Peter), « Tel Quel et le Nouveau Roman : deux exemples de tolérance dans la littérature française de la seconde moitié du XXᵉ siècle », in *Sens public*, consulté le 10/01/2015.
  http://www.sens-public.org/article.php3?id_article=410
- Eidsvik Overå (Anne Kristin), *Nathalie Sarraute et sa vocation littéraire*, Bergen, université de Bergen, 2005.
- Elaho (Raymond), « L'image de l'homme noir dans le Nouveau Roman », in *Peuples noirs, peuples africains*, 1981, n° 23, p. 120-128.
- Fernandez Cardo (José Maria), « Alain Robbe-Grillet : littérature engagée ? », in *Unioviedo*, consulté le 24/10/2014.
  http://www.unioviedo.es/reunido/index.php/RFF/article/viewFile/2953/2818
- Gosselin (Katerine), « Claude Simon et le roman "nouveau" », in *Claude Simon : situations*, Lyon, ENS Éditions, 2012, p. 69-85.
- « Historique », in *Les Éditions de Minuit*, consulté le 20/10/2014.
  http://www.leseditionsdeminuit.com/f/index.php?sp=page&c=7
- Husson (Jean-Pierre), « L'évolution politique de la France depuis 1945 », in *Centre régional de documentation pédagogique de l'académie de Reims*, consulté le 29/12/2014.
  http://www.cndp.fr/crdp-reims/cinquieme/evolution_politique.htm

- « Le Nouveau Roman », in *Site Magister*, consulté le 20/10/2014. http://www.site-magister.com/nouvrom.htm
- « Le Nouveau Roman et Nathalie Sarraute », in *Institut national audiovisuel français*, consulté le 29/12/2014. http://fresques.ina.fr/jalons/fiche-media/InaEdu01229/le-nouveau-roman-et-nathalie-sarraute
- LUSCANS (Bernard), *La Représentation des objets dans le nouveau nouveau roman*, Chapel Hill, université de Caroline du Nord, 2008.
- MEYER (Denis C.), « Nouveau Roman », in *Littérature XIXe et XXe siècles*, consulté le 15/10/2014. http://www.french.hku.hk/dcmScreen/lang3035/lang3035_nouveau_roman.htm
- « Nouvelle vague », in *Larousse*, consulté le 24/10/2014. http://www.larousse.fr/encyclopedie/divers/nouvelle_vague/148007
- NOVARINO (Albine), *La Littérature française du XIXe au XXe siècle*, Toulouse, Éditions Milan, 1999.
- REMY (Matthieu), « L'après-guerre formaliste du roman réactionnaire : les débuts littéraires d'Alain Robbe-Grillet », in *Texto ! Textes & Cultures*, consulté le 15/10/2014. http://www.revue-texto.net/docannexe/file/3078/remy.pdf
- RICARDOU (Jean), *Pour une théorie du Nouveau Roman*, Paris, Seuil, 1971.
- ROBBE-GRILLET (Alain), *La Jalousie*, Paris, Éditions de Minuit, 1957.
- ROBBE-GRILLET (Alain), *Les Gommes*, Paris, Éditions de Minuit, 1953.
- ROBBE-GRILLET (Alain), *Pour un Nouveau Roman*, Paris, Éditions de Minuit, 1963.
- SARRAUTE (Nathalie), *Enfance*, Paris, Gallimard, 1983.
- SARRAUTE (Nathalie), *Tropismes*, Paris, Éditions de Minuit, 1957.
- SIMON (Claude), *L'Acacia*, Paris, Éditions de Minuit, 1983.
- SIMONIN (Anne), *Les Éditions de Minuit. 1942-1955*, Paris, IMEC, 1994.
- WOLF (Nelly), *Une littérature sans histoire. Essai sur le Nouveau Roman*, Genève, Droz, 1995.

www.50minutes.com

Éditeur responsable : Lemaitre Publishing
Rue Lemaitre 4 | BE-5000 Namur
info@lemaitre-editions.com

ISBN ebook : 978-2-8062-6219-6
ISBN papier : 978-2-8062-6220-2
Dépôt légal : D/2015/12603/41
Photo de couverture : © photographie d'Alain Robbe-Grillet, réputée libre de droits.

Conception numérique : Primento,
le partenaire numérique des éditeurs

Printed in Great Britain
by Amazon

24441747R00020